# 서랍을 정리하며

시아시인선 **023**

# 서랍을 정리하며

박선희 시집

**초판인쇄일** | 2022년 3월 25일
**초판발행일** | 2022년 3월 28일

**지은이** | 박선희
**펴낸이** | 김명수
**펴낸곳** | 도서출판 시아북(詩芽Book)

**출판등록** | 2018년 3월 30일
**주소** | 대전광역시 동구 선화로214번길 21(3F)
**전화** | (042) 254-9966, 226-9966
**팩스** | (042) 221-3545
**E-mail** | daegyo9966@hanmailnet

값 10,000원

ISBN 979-11-91108-36-1(03800)

# 서랍을 정리하며

박선희 시집

시아북

## 시인의 말

흘러가는
시간 속에서
지나가면
사라지고 말
순간들을
시집 한 권에 담아낸다

2022. 03.

**박선희**

## 제1부

# 제2부

## 제3부

## 제4부

# 제1부

# 거미줄

바짝 다가서야 보인다

끊어질 듯
아슬하게 견딘
시간의 시련

바람벽에서도
아낌없이 몸 길 엮어간
희망 꽃자리

아, 된서리 내려
더 눈부신
엄마의 영토

# 서랍을 정리하며

서랍을 정리하며
진심을 말하지 못한
묵은 후회도
거절하지 못한
미련한 분노도 버렸습니다
부담스럽고 불편한
사람도 정리했습니다
그러나
도저히
정리할 수 없는
서랍 하나
남겨두었습니다

# 다시 한 걸음

꼬옥 쥐고 달려온
삶을 향한 한 걸음
다시 시작이다

수천년 부딪쳐
파도와 바위는
거기 존재했다

삶은
견디는 거다

# 과녁

나는 골프연습장의 과녁입니다

그물벽면에 산처럼 버티고 서서
인정사정 볼 것 없이
나를 향해 날아오는 공으로
숱하게 얻어터지며
수많은 날을 속절없이 지냅니다

살점 찢기고
찢긴 틈새로 공이 관통해도
너덜거리던 살점 떨어져 나가도
아파하지 않습니다

찜통더위가 이어지고
살 베일 듯 찬 바람 불어와도
덥다 춥다 불평하지 않습니다

이젠 살점 하나 없는
텅 빈 테두리만 남았습니다

지금 이대로 눈부신
나는 골프연습장의 과녁입니다

# 겨울 민들레

풋풋함 다 벗은
한겨울에도

주변 탓하지 않고
낮게 엎드려

제 몸속 노란
그리움 하나
키우고 있다

# 예순 즈음에

산다는 것은

바람 한복판에 나를 세우고
내 길 묵묵히 걸어가는 일
어둔 밤이 지나야
새벽 온다는 사실을
아프게 알아가는 일
애쓰지 않아도
올 건 오고
갈 건 가는 이별에
익숙해지는 일
어느 바람 한 점도
거저 이뤄지지 않는다는 것을
아주 천천히 알아가는 일

# 매미

매미 한 마리가
배 홀라당 뒤집은 채
날아 보려 애쓰고 있다

수많은 구둣발이
사정없이 짓밟고 지나간다
세상에 나와 뜻 펼칠 날
꿈꿨을 텐데

매미의 생 앞에
엄살 부리지 말 것을

# 마침표

한걸음
물러서서
채송화 꽃씨
한 알
심었습니다

# 바람

가슴 치는 갈망의
바람으로 중심축이
흔들린다

몸 여기 있어도
마음 저곳 향하고
이 사람 마주하면서
그가 그립다

심장 말라붙어야
그칠까

바람이 분다

# 범 마중

육십갑자 한 바퀴 돌아
범 내려온다기에

새벽빛 헤치고
바람 언덕 넘어서
별꽃 뜰 이고
은빛 강물 건너서

버선발 젖는 줄 모르고
범 마중 왔다

# 머리를 밀며

1차 항암치료 후
빠지는 머리카락 주체할 수 없어
머리를 밀었다

거울에 비치는 내 모습에서
지나온 시간이 지나갔다
지나갈 시간도 지나갔다

오만한 저항
다 사라지고
사방 고요하다

고맙다

# 백련꽃

수면을 빼곡 메운
연잎 사이로

줄지어 피어난
백련꽃

마음 가난한 이의
정성

세찬 바람 불어와도
꺼지지 않는
서원

# 귀가

내 안으로 깊이
걸어 들어가는 길

궁서체로
꾹꾹 눌러 쓰는
독백의 시간

여기
내게 온 것들에게
고맙다

나도 고맙다

# 어떤 느림

전신뼈검사 받느라
물을 많이 마셨다

고속버스로
한 시간은 더 달려야 하는데
벌써
온몸에 소름 돋고
방광이 터질 것만 같다

체온 오르고
시속 110Km의 속도는
너무 느렸다

# 비 온 뒤

힘든 거
내보이지 않으려고
괜찮다는 걸 증명하려고
매 순간 다그쳤어

이젠
힘들어도 돼
괜찮지 않아도
괜찮아

# 기다림

제 몸 진액
말려
하얀 숨
토해내는
그리움

# 까짓거

눈 감으면
그만

끝이
있어
다행이다

# 제2부

# 엘리베이터 안에서

퇴근길 집으로 이어주는
엘리베이터를 탔습니다

종일 나를 챙겨준
따뜻한 외투와 목도리도
이곳저곳 발걸음 바삐 옮겨도
불평 없이 내 발 지켜준
먼지 묻은 신발도
나의 오랜 일상을 담은
분신 같은 가방도 올라갑니다

한 층씩 올라갈 때마다
커지는 숫자와 함께
고마운 하루가 올라갑니다

# 숫돌

올해 팔십칠 세 되신
아버지는 지금도 주말이면
칼 전부 모아 갈아 주신다

물 적신 숫돌에
칼 문지를수록
아버지의 손등에 불거지는 굵은 힘줄
부드러워지는 칼날의 숨소리

너무 오래 갈아도
날이 넘는다며 손가락 끝으로
칼날 옆 자주 쓰다듬는
가쁜 호흡 떠는 손

저 닳는 줄 모르고
칼날 세워주는 숫돌처럼
한평생 자식들의 뜻
선하게 세워주신

# 아버지

# 부모님의 영정사진

어머니는 여든 살이 되셨을 때
영정사진을 찍어달라며
한복까지 챙겨 입고 나오셨다
아버지도 자연스러운 평소 모습이 좋다며
어머니 옆에 나란히 앉으셨다
영정사진이라는
네 글자가 쇳덩이처럼
내 머릿속을 짓누른다
영정사진을 맡은 기사는
내가 원하는 대로
부모님 얼굴의
주름살과 잡티는 엷게
흰 머리카락은 검게
머리숱은 자연스럽게
고쳐서 보내왔다
그러나 부모님이 진정 원한 것은
지금까지 살아오신
그대로의 모습이었다

아직도 나는 부모님의 마음을

제대로 못 읽는 부끄러운 자식이다

# 동치미 담그는 날

엄마 먼 길 떠나신 후
첫 동치미 담그는 날
부지런한 올케의 손놀림 바쁘다

꼭꼭 숨어 있다가
일 년에 딱 한 번 꺼내보는
그릇들이 밝다

손님 밥그릇으로
굵은 천일염 다섯 번
스텐레스 국그릇으로
곰삭은 액젓 한 번 붓고
고추장 담글 때 쓰던
대야에 특미당을 넣고
엄마의 그리움 물에 녹여
동치미 국물을 만든다

갸름하고 동글한 무를
장독 안에 넣을 때마다

엄마의 기억
차곡차곡 쌓는다

# 연극을 보면서

백목련과 개나리가
봄을 몰고 온 날
'친정엄마와 2박3일' 연극을 보면서
나는 천천히 엄마가 되어갔다

부르기만 해도
나의 전부가 되는
가슴 뭉클한 이름

엄마!

엄마는 진정
엄마만을 위한 엄마만의 시간을
보내신 적이 한 번도 없다
오로지 자식을 위해
가족을 위해 살다 가신
엄마의 삶이 한없이 안쓰럽다

아직 엄마의 마음 다 몰라도
살면서 가끔은

가슴으로 엄마를 불러볼 일이다
엄마의 바다에 깊이 빠져볼 일이다

# 아버지의 시간

아버지는 아버지의 삶에서
가장 빛났던 순간 되뇌실 때도
오고 가는 절기 속에
손주들 자람을 보실 때에도
온 마음 다해 지금을 살고 계셔도
눈 뜨고도 눈 감고도
아버지는 먼저 가신 어머니와
마음의 끈 잇고 계신다
도대체
아버지와 어머니는
몇만 겁의 인연 맺으신 걸까

맏자식인 나는
아버지의 시간 그 언저리
이르지 못한다

# 선물

달리던 기차가 갑자기 멈췄다

기차 안은 술렁이고
점검 중이라는
안내 방송이 연거푸 나온다

차창 밖으로
먼 산이 들어오고
구름 흘러가는 하늘이
느린 호수로 보일 때
멈춰선 기차는
굉음과 함께 단박에 달린다

사람들은 늦어진 시간
환불받아야 한다며 난리지만
내겐 예상치 못한 재밌는 선물이다

# 에어컨 다는 날

에어컨 달아주러 온
기사는 마술사처럼
사다리를 잘도 오르내린다

사다리 하나면
못 더 단단히 박을 수 있고
책장 꼭대기 까치발로도
꺼낼 수 없는 책 한 권
거뜬히 내 손에 쥘 수 있다는
바람 하나 갖고 있었다

남동생은 어찌 알았는지
그런 사다리를 선물로 보내왔다
한 계단씩 밟고 오를 때마다
누나의 바람 다 이뤄줄
사다리란다

에어컨 다는 날 나는
사다리의 진정한 주인이 되었다

# 에스프레소를 마시며

지독하게 쓴 커피 넘길 때
파도는 모래밭을 쓰다듬는다
점점이 떠 있는 먼 섬들
나지막이 말을 건다
추억의 거친 선
고운 각성으로 출렁인다
굳게 닫힌 마음의
빗장 확 열린다

# 몽골에서 말을 타고

몽골 헨티아이막*에 와서
말을 탔다

추~추~
구령에 맞춰
야생화 숲을 걸었다

추~추추~추추추~
언덕 지나
강을 건너고
칭기스칸 탄생기념비까지 달렸다

칭기스칸의 호령처럼
가슴을 울리는
말발굽 소리
바람 가르는 소리

말 잔등 위에서
떨어지지 않으려고
안간힘을 쓸수록

엉덩이의 통증도
허리와 발바닥으로
쏠리는 불편한 자세도
초원으로 내달렸다

오논강*의 물길 부드럽다
뼛속 깊이 훑는 전율이
팔백 년의 시공을 넘는다

* 헨티아이막: 칭기스칸의 탄생지와 가까운 행정구역
* 오논강: 러시아와 몽골을 흐르는 강으로 칭기즈칸이 오논강 부근에서 태어나고 자랐다고 함

# 아무렇지 않은

습관처럼
몸무게를 재고
눈가 주름을 당겨본다

지나온 길이
아무렇지 않은
긴 시간으로 안긴다

삶이 엷어져도
들녘의 꽃처럼
꿈꾸기로 했다

# 뿌리

툭
땅 위로 불거진
너

많이 아프구나
애쓰고 있구나

너는 땅속으로만
우는 줄 알았다

# 유년의 골목길

지치도록 놀고도 더 놀고 싶어서
엄마가 불러도 못 들은 척하고
냇물 따라 달려나갔던 길

마당 넓은 집
소 죽 끓이던 구수한 냄새가
자식 교육의 희망으로 피어났던 길

과수원 길 지날 때마다
사과 한 개 따보고 싶은 꿈
아직 이루지 못한 길

포도밭 길 따라
어머니의 고운 삶 송송 열리고
술 취한 아버지의 노래가
구성지게 흐르던 길

지금 유년의 골목길엔
아파트와 연립주택 빽빽하게 들어서고
냇물 길 사라졌어도

담벼락 기댄 능소화가
동심 먼저 알고 반긴다

# 첫눈

대책 없이
흔들리며

단숨에

너에게로 가는 것

# 적응

찜통더위 질주하는
도심 한복판

새소리 내리고
매미 울음 요란해도

녹음 비집고 걸터앉은
한 뼘 귀퉁이가
이리도 평안일 줄

# 칭찬

작은 씨앗 하나에게도

마르지 않는 물
흘려줘야 한다

적당한 바람
따뜻한 울림으로
토닥여줘야 한다

햇볕 고루 나눌
착한 손길 머물러줘야 한다

# 미숙

어제 생각하느라
오늘 기쁘지 않을 때
내 안에서
네가 운다

# 알림

이론보다 말씀
눈치보다 의연함
진실은 남고
그까짓
서사 없는
돈은 가라

# 제3부

# 마른 꽃

오래된 옥편 속에서
한자를 찾다가
툭 튀어나온 마른 꽃

봄날
맑았던 보람이다

긴 시간
깊어진 향기로
가늠 안 되는 획으로

뜻이 되고
음이 되고

말씀이 되고

# 측은지심

꽃밭의 큰 나무들 사이에서도
기죽지 않고 해맑게 웃음 짓던
민들레 씀바귀 강아지풀 개망초꽃

찻자리에 한두 송이 꽂으려 했는데
그들은 모두 사라지고
꽃밭엔 휑하니 큰 나무만 서 있다
풀 매는 어르신이 잡초로 알고
전부 뽑아냈나보다

아아, 나도 꽃이라고
말하고 싶었으나 끝내 말하지 못했을
순하고 여린 그 마음

# 겨울 계곡

버겁게 움켜쥔 끈
놓아버리고 싶을 땐
겨울 계곡으로 간다

깊이 들어갈수록
잔바람 감싸 안는
낙엽 밟는 소리
새가 나는 순간에도
시리도록 파란 하늘
딴 곳 마음 두지 않고
적당한 간격으로 서서
기다림 키우는 벌거벗은 나무들
살얼음 밑 생명 보듬고
흐르는 포용의 숨소리

겨울 계곡에 들어와
정신 번쩍 든다

# 단호박

단호박 두 개
자동차에 실었다

브레이크를 밟을 때마다
조수석 아래 바닥에서
이리 뒹굴고
저리 뒹굴며
서로 부딪친다

자동차 안에서의 부딪침조차
속살 익히는
매질인 줄 알고
단단하게 영글고 있다

# 땅콩 두 알

땅콩 껍질
비틀어보면 안다

좁은 벽 안에서
여물고 살찌운 존재감

부서지는 아픔 견디며
함께 채워간 사랑

벽에 갇혀서도
현재에 있을 자유
충분히 누렸구나

# 긴 손잡이 찻잔

매화 나뭇가지에
햇살 꼼지락대는 날

손수 만든 거라며
긴 손잡이 찻잔
살그머니 놓고
사천으로 떠나간 그녀

그 찻잔에 차를 마실 때
그녀는 말간 웃음으로 와서
공손한 두 손으로
그리움 젓는다

매화도 수선화도
제 길 흘러가는 강물처럼
긴 손잡이 찻잔 속으로
쏘옥 들어온다

# 담배꽃

인디언 소녀여

너 선택한
죽음, 전설 속 그 자리에

저
토
록

연분홍 말간 꽃

대궁에 숨어서
피워 올리고 있구나

# 바다

세상의 모든 물을
받아들인 바다는
늘 마르지 않고
깊은 속 드러내지 않으면서
드넓음 보여준다

때로는
단 하나의 선으로
때로는
단 하나의 면으로

출렁이는 바다가
내게 말을 걸어온다

그 바다 한켠에
출렁이는 내가 있다

# 무쇠주전자

산을 오르다
들른
절집 한가롭다

노스님은
찻물 따르고
덩그렁 덩그렁
풍경소리는
무쇠주전자에 닿는다

장인의 손에 태어나
이곳에 와서
수만 번 닦고 길들였을
숱하게 달궈졌을
무쇠주전자의 세월이

무한으로 안긴다

# 한순간

유리선반이 무너졌다

꼭꼭 재워 둔 기억
날 선 파편 너머

차디찬 오브제에게
무겁다 말 못한 시간에게
받아 적지 못한 그리움에게도

진즉
귀 기울였어야 했다
먼저
손 내밀었어야 했다

# 맨드라미꽃차

찻집 주인은
오렌지빛 조명 아래
손수 덖은 꽃차를 내왔다

까마득한 시간
할머니 댁 마당에서
수줍게 피고 졌던
맨드라미꽃
세찬 비바람에
고운 빛깔 떠나갈세라
온 밤 지새 머금은
자줏빛 꽃송이

유리 다관 안에서
맑은 기다림으로
다시
꽃 피워 올리는
플라멩고 춤사위

# 빨간 구두

나무신발장 안에 놓인
빨간 구두 한 켤레

아가의
자지러지는 웃음소리다
가슴 가득 차올랐던
유년의 꿈이다

빗방울 동그랗게 퍼지는
신비한 길 위로
또각또각 걸어가는
동화 속 먼 그곳이다

# 욕심

담장 밖으로 뻗은
장미꽃 꺾으려다
장미꽃은 못 꺾고
손등만
가시에 찔렸습니다

# 새

새 한 마리가 날아 들어와
이중 유리창 사이에서 파닥인다

잔뜩 겁먹은
껌벅거리는 절망의 눈동자
자꾸 쓰러지는 안쓰러운 날갯짓

검정 바탕에 하얀 줄무늬 깃털을 지닌
이름 모르는 작은 새는
비좁은 틈새에서
날아오르다 내려앉기를 되풀이 한다
새를 잡아 날려 보내주려고
애를 써 봐도 소용없다

닫혀 있던 이중 유리창을
열어젖히자
새는 날아갈 길을 찾더니
푸드덕거리며 날아올랐다

새의 자취가
허공 속에 사라진 순간
먹먹했던 가슴이 뻥 뚫렸다

# 꽃에게 물을 주며

꽃에게 물을 주는 일은

꽃의 아름다움과
꽃잎의 보드라운 감촉
이어 주는 일이다
꽃의 존귀함
드높이는 일이다
꽃그늘의 그늘까지
어루만져 주는 일이다

사람 안에
사랑하는 마음 키우는 일이다

# 바란 적 없다

지는 꽃잎 한 장도
함부로 밟지 마라
알아주기를 바란 적 있어
여기 꽃 피운 게 아니다

벌레 한 마리도
함부로 밟지 마라
알아주기를 바란 적 있어
여기 기어가는 게 아니다

나뭇잎 한 장도
함부로 따지 마라
알아주기를 바란 적 있어
여기 반짝이는 게 아니다

# 상처

시간 흘러도
지워지지 않는
상처 있다

상처 아문 뒤
더 빛난다는 말은
상처에 다시 칼을 대는 일

오직 지금을
사랑하며 나갈 뿐

# 제4부

# 재벌가마 문 여는 날

흙으로 잇는
기다림의 끝
두근두근
가마 문 연다

투명매트 유약에
덤벙 담갔던
서툰 손길 마디마다
마음 빛 대롱대롱
불길 지나간 자국마다
눈물 꽃 뱅그르르

# 연탄을 나르며

바람도 간신히 들락거렸을
성주산 아래 골목 끝집으로
연탄을 날랐다

열 손가락 뻣뻣해 올수록
마음은 따뜻해지고
곳간에 연탄은 쌓여간다

누군가에게는
성주산보다 무거웠을 근심
내려놓아 줄 연탄이다
차디찬 어제를 딛고
벌떡 일어서게 할 힘줄이다

# 굴구이집에서

굴집마다
쌓아놓은 굴 망태기가
담장처럼 높다

굴집에 들어와 자리 잡은 우리는
한 손에 목장갑 끼고
다른 한 손엔 칼 들었다
군인 같은 우리들 모습이
굴에겐 두려웠으리

굴은 이글거리는
불 무서워 않고
바닷물 토해내며
통통하게 익은 살 내어 준다

기억하라
굴에게는 군인 같은
품세 앞에서도 기죽지 않는
굴의 간이 있다는 것을

# 마스크

머리카락과 눈만 보이는
얼굴로 인사 나눠도
어색하지 않다

표정 다 알 수 없어도
마주하는 눈길 따뜻하다

마스크를 쓰는 것은
서로에 대한
예의이다
존중이다

마스크를 벗기 위해
마스크를 쓴다고 말들 하지만
마스크를 벗어 던질
그 날
어디쯤 오고 있는 거냐

# 외연도

담벼락 벽화가
생기로 이글거린다

당산 동백 나뭇잎
파도 소리에
장단 맞춰 일렁인다

야생 흑염소들
바위 절벽 풀밭 인양
펄쩍펄쩍 뛰논다

파란 하늘 무대 삼아
한껏 흔들리는
금계국 개망초꽃

나도 한 번쯤
외연도의 품에 안겨
새벽녘 닭 울음소리에
잠 깨고 싶다

# 아름다운 수목원

주산 금암리에 가면
마음씨 착한 서울 사람이
오래전부터 품어온 꿈
부지런히 일궈 만든
아름다운 수목원이 있다

작은 저수지가 호수처럼
하늘을 품고 반기는 곳
나무유치원 푯말을 단
작은 유리 온실 안에서
나무들이 소꿉놀이하는 곳

뾰족한 잎으로
자신을 지키는
노랑꽃향기뿔남천
어깨 부비며 분 넘치도록
사방으로 뻗어 자라는 바위솔
수목원 곳곳에 점점이 박힌
보랏빛 무스카리꽃

굽어진 길 따라
해묵은 붓꽃 열매와
물레방아가 가족처럼 서서
반갑게 맞아주는 곳

겨울 가고 봄 오면
사람보다 새들 먼저
둥지 틀겠다

# 오천향교에서

오천면 교성리
소나무로 둘러싸인
오천향교에서
춘기 석전대제를 봉행하고 있다

젊은이는 안 보이고
한 세월 바삐 보낸
귀밑머리 하얀 동네 어르신들이
의관을 갖춰 입고 사배를 올리고 있다

집례는 카랑카랑한 목소리로
홀기를 읽어 내려간다
헌관들은 알아듣기 어려운
집례의 한자말에 예를 갖추느라
애쓰고 있다

음복례를 하느라
대성전 안에서 마당으로
옮겨져 나온 돼지머리 위로
봄바람이 훑고 지나간다

희뿌연 소지 연기가
주변을 맴돌더니
어려운 홀기 한자말들을 품고
북쪽 하늘로 사라진다

아마도 우리 조상님들은
쉬운 우리말보다
한문으로 예를 갖춰야
알아들으시는 모양이다

# 빗물

내일이 운동회 날인데
이틀 동안 꼬박 비가 내려
천연잔디운동장이 빗물로 흥건하다

내일 또 비 내릴지라도
오늘 운동장에 고인 빗물
퍼내야 한다

비 그친 사이
고여 있는 빗물 퍼낸다
옷 위로 빗물이 튀고
신발 속으로 흙물이 들어와 질척거린다
연방 빗물 퍼내는 손목이 시리고 아프다
쭈그리고 앉은 다리에 쥐가 난다
수레 위에 실린 큰 물동이는
퍼낸 빗물로 금방 가득 찬다

하늘도 가상히 여긴 걸까
밝은 햇살이 운동장을 덮는다
빗물 퍼낸 자리마다

빗물의 무게에 짓눌렸던 잔디가
바람과 함께 일어선다

풀 죽었던 아이들의
희망도 되살아난다

# 하늘나라 우체통

대전현충원에는
하늘나라 우체통이 있다

느린 햇살에
단풍잎 한 잎 두 잎 떨어지는
이곳에 오면 가슴 깊이
뭉클함 차오른다

하늘나라 우체통 안에는
배달되지 못하는 편지가 수북이 쌓이고
떠난 이 그리며 써 내려간
구구절절 사연들은 말로
다 표현할 수 없어 퍼덕댄다

하늘나라 집배원들은
목숨 바쳐 조국을 구한
수신인의 묘 앞에서
행간마다 스민 그리움
대신 읽어준다고 하니
그리운 이에게 편지를 읽어주는

하늘나라 집배원들의 목소리라도
들을 수 있다면 얼마나 좋을까

살 찢기는 아픈 사연
가슴 속에 품은 채
하늘나라 우체통은 우두커니 서서
무심한 하늘만 올려다보고 있다

# 비밀

한 아이가 다가와
내 귀에 속삭인다

“선생님,
이건 비밀인데요.
선생님한테만
말하는 거예요.”

“얘야,
진짜 비밀은
누구에게도
말하지 않는 게
비밀이란다.”

“선생님,
아무리 그래도
선생님한테만 꼭
얘기하고 싶어요.”

그 아이는
내가 비밀을 지켜줄 것으로
믿는 모양이다

# 하루의 자화상

비슷한 하루하루가
다르게 흘러간다

홀로 흐느끼는
좌절의 밀물이었다가
시험지에 술술
정답 써 내려가는
무른 연필이었다가
뜻도 알 수 없는
단어의 중얼거림이었다가
배꼽 빠지게
웃긴 이야기였다가
홀로 넉넉해지는
하늘이었다가
한 줄기 빛이었다가

# 양심 우산

앗, 비다

미처
우산을 챙기지 못했는데
책방의 양심 우산이 반갑다

이틀날
비가 내리지 않아도
제자리로 돌려줄
고마운 양심 우산

갑자기
비가 내리는 날
양심 우산은
안심 우산이 된다

# 보름달의 말

오서산 위로
보름달이 떠올랐다

두 손 모은
간절함이 보름달에 닿았을까
보름달의 말이 들려온다

이 세상 모든 일이
마음먹은 대로 되진 않아
이 세상 어떤 이도
괴로움 없이 사는 사람은 없어

세상만사 조금씩 모가 나 있고
얽히고설켜 있어도
괴로우면 괴로운 채로
외로우면 외로운 채로
가끔은 고목처럼 서서
먼 하늘을 봐

조금 더 밝게 생각하고
조금 더 넓은 마음 내어
조금 더 둥글게 세상을 살아 봐

# 옛날통닭집에서

모가지도
발도 잘린 채
끓는 기름 속으로
미끄러져야 하는
운명

하늘 향해
울음 울어
제 살 익히는
우주적 고통

응답 없는 절규

해설

# 일상日常 속에서의 자아自我 발견發見

구재기(시인)

<해설>

# 일상日常 속에서의 자아自我 발견發見

구재기(시인)

## 1. 들어가면서

일상을 영위하면서 살아가는 동안 나 자신을 발견하는 일이란 그리 쉬운 일만은 아니다. 일상생활에서 '나는 어떤 상황에 어떻게 행하고 살아가야 하느냐?'에 대한 편편의 심오한 생각과 더불어 나를 관찰함으로써 '나'를 찾아간다는 것은 다분히 하나하나의 구체적이고 특수한 사실을 종합하여 그것으로부터 일반적인 원리를 추론하여야만 한다. 그렇게 정리하다 보면 '나'는 언제나 어떠한 물상이나 사건과 더불어 자신을 알아가는 것밖에 달리 다른 방법을 찾아볼 수 없게 된다. '나'를 나 자신으로부터 찾아내는 것이 아니라 '나'가 아닌 '타他'로부터 '나'를 발견해내는 일이요, '타'에서 '나'가 동일화를 이룬 다음에 '타'로부터 '나'를 찾아내곤 한다.

비슷한 하루하루가
다르게 흘러간다

홀로 흐느끼는

좌절의 밀물이었다가

시험지에 술술

정답 써 내려가는

무른 연필이었다가

뜻도 알 수 없는

단어의 중얼거림이었다가

배꼽 빠지게

웃긴 이야기였다가

홀로 넉넉해지는

하늘이었다가

한 줄기 빛이었다가

—「하루의 자화상」 전문

위의 시작품에서 화자는 자신을 들여다본다. 즉 자신에 대한 자아발견의 모습을 엿보인다. 그 결과 화자는 어제나 오늘은 물론이요 아직 도달하지도 않은 내일까지도 미루어봄으로써 모두 다 나 자신은 '비슷한 하루하루가/ 다르게 흘러간다'는 사실로부터 인식하게 된다. 그 결과 '나'는 '밀물·연필'이었다가 '중얼거림·이야기' 이기도 하며 '하늘·빛'이라는 것을 발견해낸다. 그러나 화자는 여기에서 그치지 않는다. 더 이상 말을 하지 않고 있으면서도 무한으로 얼마든지 변신할 수 있는 나 자신을 발견한다. 즉, 이 시작품의 마지막 행 '한줄기 빛이었다가'에서 미루어 알 수 있게 하는 바와 같이 화자의 「하루의 자화상」은 무한하다. 따라서 이 시작품을 통하여 알 수 있는 바와 같이 한 편의 시는 무한한 '나'로 변신 되는 또 다른 나의 자화상으로 그려놓는 물상物像의 모습이라 하겠다.

## 2. '나'를 찾아가는 길

시인은 끊임없이 '나'를 탐색한다. '나'란 무엇인가? 시인 한용운은 《선禪과 인생人生》에서 "나가 없으면 다른 것이 없다. 마찬가지로 다른 것이 없으면 나도 없다. 나와 다른 것을 알게 되는 것은 나도 아니요 다른 것도 아니다. 그러나 나도 없고 다른 것도 없으면 나와 다른 것을 아는 것도 없다. 나는 다른 것의 모양이요, 다른 것은 나의 흩어짐이다. 나와 다른 것은 있는 것도 아니요, 없는 것도 아니다. 갈꽃 위의 달빛이요, 달 아래의 갈꽃이다."라고 말한다. 여기에서 한 편의 시작품 속에서 '나'의 존재를 알기 위해서라면 "나와 다른 것은 있는 것도 아니요, 없는 것도 아니다."라는 말에 주목하지 않으면 안 된다.

내 안으로 깊이
걸어 들어가는 길

궁서체로
꾹꾹 눌러 쓰는
독백의 시간

여기
내게 온 것들에게
고맙다

나도 고맙다

―「귀가」 전문

이 시작품에서의 '귀가'란 물론 '집으로 돌아가거나 돌아옴'이라는 지시적인 의미를 말하는 것이 아니다. 그런 사전적 해석이 아니다. '내 안으로 깊이/ 걸어 들어가는 길'로서 자기 자신의 존재 확인을 위한 돌아봄이다. 돌아보기 위하여 화자는 '독백의 시간'을 가진다. 물론 집단 내에서, 독백이란 얼른 보기에는 남에게 이야기하고 있는 것 같으나 사실은 전달하려는 의도가 없이 혼자 중얼거리는 일이다. 그러나 화자는 '궁서체로/ 꾹꾹 눌러쓰는/ 독백의 시간'을 가진다. 그런데 왜 하필이면 궁서체일까. 궁서체는 조선 중기 이후 궁녀들이 한글을 보다 빠르고 유연하게 쓰기 위해 사용한 한글서체이다. 선이 맑고 곧으며 아담한 것이 특징이다. 이런 서체로 인한 독백의 시간이라면 다분히 혼자서 중얼거리는 데에서 그치지 않는다. 자기 자신을 확인하고자 하는 '귀가'요, 그 귀가로의 확인을 통하여 수없이 '나'와 함께 하였던, '여기/ 내게 온 것들에게/ 고맙다'는 마음의 실체를 궁서체로 표현하면서 '귀가'의 새로운 의미를 창출해내고 있다.

그렇다면 '나'는 과연 어디에 존재하고 있는가? '나'는 분명 또 다른 '나' 사이에 존재하는 하나의 개체이다. 창가에 묵묵히 앉아서 밖을 바라보면 수없이 많은 사람들이 지나가고 있다. 그

많은 사람들은 내가 창가에 서서 자기 자신을 바라보고 있는지조차 모른다. 다만 그는 하나의 엄연한 존재로서의 삶을 누리면서 살아가는 모습을 알지 못하는 '나'에게 엿보일 뿐이다. 그리고 '나' 또한 '나'는 바로 그 사람들 사이에 존재하고 있을 뿐이다. 그러나 그러한 존재로서의 '나'는 '나'를 인식하지 못한 채 그대로 살아가고 있다. 그러다가 문득 '나란 무엇인가'라는 문제를 생각하게 된다.

서랍을 정리하며
진심을 말하지 못한
묵은 후회도
거절하지 못한
미련한 분노도 버렸습니다
부담스럽고 불편한
사람도 정리했습니다
그러나
도저히
정리할 수 없는
서랍 하나
남겨두었습니다

—「서랍을 정리하며」 전문

화자는 어느 날 <서랍을 정리하며> '나'를 발견한다. 물론 그 '나'의 실체는 일상생활을 영위하는 가운데에서 갖가지 모습으로 나타난다. 그것은 바로 '진심을 말하지 못한/ 묵은 후회도/

거절하지 못한/ 미련한 분노'를 만난다. 평소의 삶에서 흔히 가질 수 있는 삶의 잔재들, 이를테면 일상의 어떤 일이나 현상, 또는 사물에 대하여 느끼어 나타났던, 이른바 '나'만의 공간인 '서랍'이라는 또 다른 나만의 실체이다. 이 실체는 이미 '나'만의 삶으로부터 찌꺼기가 되어버린 것들이다. 그러나 그러한 실체는 '나'만이 가지는 감정의 실체만이 아니라 '타'의 실체까지도 대상이 된다. 그러므로 화자는 '부담스럽고 불편한/ 사람도 정리' 해버리고 만다.

'나'에게 있어서의 '타'의 객체와 존재, 혹은 '타'에게 있어서의 '나'의 객체와 존재는 다르게 나타난다. 이때에 '나'에게 있어서의 '타'의 객체와 존재는 쉽게 정리 대상이 된다. 그러나 '타'에게 있어서의 '나'의 객체와 존재는 쉽게 정리되지 않을 뿐만 아니라 '나'에게 있어서도 버려지거나 정리될 수 없다. '나'는 세상에서 가장 믿을 수 있는 존재로서의 나 자신이며, '나'와 영원히 함께할 수 있는 존재일 뿐만 아니라, '나'를 하루하루의 삶에 영위하게 할 수 있는 유일한 존재로서 '나' 자신 속에 있느니만큼 '나'를 해하게 할 수 있는 칼날이 되기도 한다. 그러므로 화자는 이 시작품 속에서 '도저히/ 정리할 수 없는/ 서랍 하나/ 남겨'두면서 '나'는 '나'로서의 존재임을 인지하고는 결국 '나'는 '나'의 실체 속으로 들어와 '내 서랍' 속의 존재가 되는 것이다.

1차 항암치료 후
빠지는 머리카락 주체할 수 없어
머리를 밀었다

거울에 비치는 내 모습에서
지나온 시간이 지나갔다
지나갈 시간도 지나갔다

오만한 저항
다 사라지고
사방 고요하다

고맙다

—「머리를 밀며」 전문

이 시작품에서 '나'의 실체는 '나'를 확인하면서 시작된다. 화자는 '1차 항암치료 후/ 빠지는 머리카락 주체할 수 없어/ 머리를 밀었다'고 한다. 그런데 '거울에 비치는 내 모습에서/ 지나온 시간이 지나갔다/지나갈 시간도 지나갔다'고도 한다. '지나온 시간'이 '지났다'는 것은 누구나 확인할 수 있는 일이다. 그러나 '지나갈 시간도 지나갔다'는 것은 있을 수 없는 일이다. '지나갈 시간'이란 미래의 시간이다. 그런데 어찌 '지나갔다'는 과거형을 이루었을까. 이것은 시간에 대한 시간 속에서 자기 자신을 버린 결과로서의 시간이기 때문에 가능하다. 모든 것을 버리고 난 다음에서는 '나'라는 존재로서의 실체는 '오만한 저항/ 다 사라지고/ 사방 고요하다'는 깨달음의 결과요 그에 대한 '고맙다'라는 마음의 자세를 '나'라는 존재를 이루었기 때문일 것이다. 그래서일까. 화자는 '한걸음/ 물러서서/ 채송화 꽃씨/ 한알/ 심었습니다'(「마침표」 전문)면서 '나'를 확인할 수 있었던 것이다. 어떤 의미에서 마침표란 글의 끝맺음이면서도 나의 확인이기도 하다.

### 3. '나'의 즉물적卽物的 인스피레이션Inspiration

'나'는 일상에서 수없이 많은 물상物像들을 만난다. 그리고 눈에 잡히는 물체의 모습이나 윤곽으로부터 전광석화電光石火 같은 인스피레이션Inspiration을 가진다. 마치 신의 계시라도 받은 듯한, 이른바 창조적인 계기가 되는 번득이는 착상이나 자극, 즉 감정에 휩싸이곤 한다. 시인은 바로 그 순간 한 편의 어엿한 시를 생산해 내기도 하고, 시 창작의 실마리를 획득하기도 한다. 즉물적 인스피레이션에 따른 감성感性을 시인의 가슴으로 엮어낸다. 다음의 시작품을 살펴보기로 한다.

오래된 옥편 속에서
한자를 찾다가
툭 튀어나온 마른 꽃

봄날
맑았던 보람이다

긴 시간
깊어진 향기로
가늠 안 되는 획으로

뜻이 되고

음이 되고

말씀이 되고

—「마른 꽃」 전문

인간의 모든 것은 마음으로부터 이루어진다. <법구경法句經>은 마음에서 이루어지고 마음이 행하고 있으므로 마음의 움직임을 자제하는 것이 매우 중요하다고 말한다. 마음이 탐욕을 조장하고, 마음이 화禍를 조장하고, 그 마음이 어리석음을 조장하기 때문이다. 화자는 어느 날 '오래된 옥편 속에서/ 한자를 찾다가/ 툭 튀어나온 마른 꽃'을 발견한다. 그 '마른 꽃'은 '긴 시간'의 흐름을 사이로 하여 '봄날/ 맑았던 보람'이기도 하다. 화자는 긴 시간의 흐름에도 여전히 살아 오르는 '깊어진 향기로', 그리고 어떻게 되어 가는지 헤아려서 짐작하기에도 아스라한 '가늠 안 되는 획으로' 느껴오는 '마른 꽃'을 본다. 물론 그 '마른 꽃'은 지난 봄날 옥편 속에 고이 꽂아놓은 꽃이다. 그 '마른 꽃'은 문득 '삼업三業'을 떠올리게 한다. 즉물적卽物的 인스피레이션Inspiration이다.

불교에서는 인간 행위의 근원을 몸[身], 입[口], 마음[意]으로 나누고, 이를 삼업三業이라고 부른다. 이와 같은 삼업을 불교는 인간의 행위를 올바르게 단속하는 가르침의 기본으로 삼고 있다. 몸짓, 말, 마음으로 나누면서 몸으로 짓는 것이 신업身業이요, 말로 짓는 것이 구업口業이며, 생각으로 짓는 것은 의업意業이다. 이 업은 다시 그 행위의 좋고 나쁨에 따라 선업善業과 악업惡業, 선에도 악에도 속하지 않는 무기업無記業으로 구별된다. 따라서 불교의 십선十善과 십악十惡*은 삼업三業과 밀접한 관계를 가지고 있다. 불교의 가르침은 이와 같은 삼업을 올바르게 단속하는 것을 기본으로 삼고 있다. 인간은 마음[意]만을 스스로 조절할 수 있다면 이 세상에 성자가 되지 못할 사람은 아무도 없을 것이다. 그 중에서 가장 으뜸인 것은 마음[意]이 움직여 몸[身]이 이를 행하고, 다시 그 생각이 말[口]로서 전해지기 때문이다. 위 시작품에서 화자는 '오래된 옥편 속에서/ 한자를 찾다가/툭 튀어나온 마른 꽃'을 만나면서 삼업을 떠올린다. 바로 마음[意]인 '뜻이 되고, 음[身]으로서 실체를 만나며, 말씀이 되고 입[口]을 떠올린다. 그것은 바로 즉물적卽物的 인스피레이션Inspiration으로서의 '나'의 새로운 모습이기도 하다.

화자는 한 송이의 장미꽃을 만남으로서 '나'의 탐욕貪慾의 속됨을 그려놓고 있다.

담장 밖으로 뻗은
장미꽃 꺾으려다

---

* 십선十善과 십악十惡 : 십선十善이란 십악十惡의 반대되는 것으로 불살생不殺生, 블투도不偸盜, 불사음不邪淫, 불망어不妄語, 불양설不兩舌, 불악구不惡口, 불기어不綺語, 불탐욕不貪欲, 불진애不瞋恚, 불사견不邪見을 말하며, 십악十惡이란 살아있는 생명을 죽이는 살생殺生, 남의 물건을 도적질하는 투도偸盜, 삿된 음행을 하는 것으로 아내나 남편 이외의 타인과 음행을 하는 사음邪淫, 이간질하는 양설兩舌, 남을 성내게 말하는 나쁜 악구惡口, 겉만 좋아 보이고 실속 없이 말하는 기어綺語, 망녕되고 이치에 맞지 않게 말하는 망어妄語, 마음속으로 남의 물건을 탐하거나 음탕한 탐심貪心, 성을 낸다든가, 화로써 타인을 괴롭히는 불쾌한 진심瞋心, 어리석은 마음인 치심癡心을 말한다.

장미꽃은 못 꺾고
손등만
가시에 찔렸습니다

—「욕심」 전문

몸[身]으로는 살생과 도둑질과 삿된 음욕인 사음邪婬을 다스리고, 말[口]로는 거짓말인 망어妄語·상대를 이간질시키는 양설兩舌·욕설과 험담인 악구惡口·이치에 어긋나는 궤변인 기어綺語 등을 다스리며, 생각으로는 탐욕과 분노와 어리석은 마음을 다스리게 된다. 이와 같은 열 가지 가운데 몸에 관련된 것이 셋이고, 말과 관련된 것이 넷, 생각과 관련된 것이 셋이므로 신3[身三], 구4[口四], 의3[意三]이라고 하는데, 위의 시작품에서는 바로 몸으로부터 탐하거나 음탕한 탐심貪心을 말하고 있다. 즉 '담장 밖으로 뻗은/ 장미꽃 꺾으려'려고 함에서 비롯된다. 그러나 그 탐심은 결국 뜻을 이루지 못한 채 '장미꽃은 못 꺾고/ 손등만/ 가시에 찔'린다. 탐심의 결과가 결국 신身을 해하고 만 것이어니, 탐심이 어떠한 결과를 가져오는가를 보여주고 있는 것이라 하겠다.

꽃에게 물을 주는 일은

꽃의 아름다움과
꽃잎의 보드라운 감촉
이어주는 일이다
꽃의 존귀함
드높이는 일이다

꽃그늘의 그늘까지
어루만져 주는 일이다

사람 안에
사랑하는 마음 키우는 일이다

—「꽃에게 물을 주며」 전문

위 시작품에서 화자는 '꽃에게 물을 주는 일'로부터 신업身業을 이루고 있다. '이어주는 일'과 '드높이는 일'과 '어루만져 주는 일' 등이다. 그리고 그것이 모두 '사랑하는 마음 키우는 일'이라고 한다. 이것은 앞에서도 언급한 바와 같이 모든 것은 마음에서 이루어지고 마음이 행하고 있으므로 마음의 움직임을 자제하는 것이 매우 중요하다는 것을 보여주는 것이기도 하다. 즉 따뜻한 얼굴로 사랑스럽게 말하는 '화안애어和顔愛語' 같은 덕목을 말하기도 한다.

남에게 온화한 표정과 부드러운 말씨로 대하게 되면 자신이 먼저 기분이 좋아진다. 당연한 일이기도 하지만 실행에 옮기기로 한다면 그리 쉽지만은 않은 일이기도 하다. 하지만 험악한 표정에 거칠고 상스러운 말을 쓰게 되면 가장 큰 피해자는 상대가 아니라 바로 자신이 된다. 함께하는 사람들에게 상냥한 말과 웃음은 기쁨을 베푸는 커다란 보시布施라 하겠다. 따라서 '화안애어和顔愛語'란 세상을 살아갈 때 항상 온화한 얼굴과 부드러운 말로써 대해야 한다는 경구警句이기도 하다. 어쩌면 이것이 올바르게 살아가는 필수 조건인지 모른다. 자신을 내세우지 않고 상대방을 배려하는 말과 모습은 마음의 평화로 가는 삶의 자세, 이러한 멋진 삶이란 좋은 인연因緣을 많이 맺는 길이기도 하다. 화자가 '꽃에게 물을 주'는 그 행위가 바로 그러하거니와 이를 지킬 수만 있다면 가정의 단란함과 행복이 저절로 수반隨伴되는 것은 물론 모두가 이를 지키고 실천한다면 살기 좋은 이웃과 사회와 국가가 만들어지는 것이 아닌가?

일상의 삶에서 자칫 잘못하면 '한 순간' '유리선반이 무너'지는 일을 만날 수 있다. 그러므로 언제나 '차디찬 오브제에게/ 무겁다 말 못한 시간에게/ 받아 적지 못한 그리움에게도// 진즉/ 귀 기울였어야 했다/ 먼저/ 손 내밀었어야'(시 「한순간」에서」) 하는 참회를 해야 한다. 자칫하면 '대책 없이/ 흔들리며// 단숨에// 너에게로 가는'(시 「첫눈」에서」) '첫눈'을 만나는 괴로움을 얻을 수 있다. 뿐만 아니라 '하늘 향해/ 울음 울어/ 제 살 익히는/ 우주적 고통// 응답 없는 절규'(시 「옛날통닭집에서」에서」) 하면서 참회의 눈물을 흘릴 것이거니와. 마음이 탐욕을 조장하고, 마음이 화禍를 조장하고, 그 마음이 어리석음을 조장한다는 것을 화자는 거듭으로 말하고 있는지 모른다. '화안애어' 중에서 화안和顔은 부드러운 얼굴이다. 이것은 몸의 행위이다. 그러나 애어愛語는 입의 행위이다. 이 몸과 입이 합쳐 만들어지는 것이 마음[意]이 아닐까.

## 4. 부모父母로부터 확인되는 '나'의 실체

경敬과 애愛는 모두 효도하는 요소라 생각되고 있다. 그 중에 장자莊子는 "경敬으로써 효도하기는 쉽고, 사랑[愛]으로 효도하기는 어렵다. 사랑으로써 효도하기는 쉬워도 부모를 잊기는 어렵다. 부모를 잊기는 쉬워도 부모 때문에 나를 잊기는 어렵다."고 말한다. 효도孝道란 부모를 섬기는 도리를 뜻하는 말이다. 효도는 모든 선善의 으뜸이라고 알려져 있고 또 모든 사람들이 그렇게 깨닫고 있는 것도 사실이다. 그러나 효도의 길은 참으로 멀고 어렵다. 장자의 말처럼 '부모 때문에 나를 잊기는 어렵기' 때문이다.

어머니는 여든 살이 되셨을 때
영정사진을 찍어달라며
한복까지 챙겨 입고 나오셨다
아버지도 자연스러운 평소 모습이 좋다며
어머니 옆에 나란히 앉으셨다
영정사진이라는
네 글자가 쇳덩이처럼
내 머릿속을 짓누른다
영정사진을 맡은 기사는
내가 원하는 대로
부모님 얼굴의
주름살과 잡티는 엷게
흰 머리카락은 검게
머리숱은 자연스럽게
고쳐서 보내왔다
그러나 부모님이 진정 원한 것은
지금까지 살아오신

그대로의 모습이었다
아직도 나는 부모님의 마음을
제대로 못 읽는 부끄러운 자식이다

—「부모님의 영정사진」 전문

화자는 '어머니는 여든 살이 되셨을 때/ 영정사진을 찍어달라며/ 한복까지 챙겨 입고 나오셨다/아버지도 자연스러운 평소 모습이 좋다며/ 어머니 옆에 나란히 앉으셨다'는 것이다. 그때 화자의 마음은 '영정사진이라는/ 네 글자가 쇳덩이처럼/ 내 머릿속을 짓누른다'는 것을 느낀다. 누구나가 이런 상황이라면 그럴 것이다. 마음이 슬퍼지고, 왠지 모르게, 안타깝기도 한 일이다. 그래서 아버지나 어머니나 '자연스러운 평소 모습이 좋다'고 하셨지만, 화자는 굳이 사진을 찍는 기사에게 부탁하여 '내가 원하는 대로/ 부모님 얼굴의/ 주름살과 잡티는 엷게/ 흰 머리카락은 검게/ 머리숱은 자연스럽게/ 고쳐' 주었고, 고쳐서 보내주었다. 이는 두말 할 것도 없이 화자의 아버지 어머니에 대한 사랑의 결과이다. '그러나 부모님이 진정 원한 것은/ 지금까지 살아오신/ 그대로의 모습이었다' 이러한 어버이의 모습을 헤아리지 못하는 화자는 끝내 '아직도 나는 부모님의 마음을/ 제대로 못 읽는 부끄러운 자식'이라는 것을 깨닫는다. 화자의 어버이에 대한 사랑이었을 뿐 진정한 공경의 마음은 아니었던 것이다. 이는 어버이 때문에 자신을 돌아보면서 어버이를 잊지 못하고 있음을 엿볼 수 있게 한다.

올해 팔십칠 세 되신
아버지는 지금도 주말이면
칼 전부 모아 갈아 주신다

물 적신 숫돌에
칼 문지를수록
아버지의 손등에 불거지는 굵은 힘줄
부드러워지는 칼날의 숨소리

너무 오래 갈아도
날이 넘는다며 손가락 끝으로
칼날 옆 자주 쓰다듬는
가쁜 호흡 떠는 손

저 닳는 줄 모르고
칼날 세워주는 숫돌처럼
한평생 자식들의 뜻
선하게 세워주신
아
버
지

—「숫돌」 전문

'숫돌'에 칼을 간다는 것은 무딘 칼의 날을 세워주는 일, 그 일을 반복하면 칼날을 세울 수 있지만 숫돌은 점점 제 몸을 소모해

야만 한다. '올해 팔십칠 세 되신/ 아버지는 지금도 주말이면/ 칼 전부 모아 갈아 주신다' 한다. 그러는 중에 '아버지의 손등에 불거지는 굵은 힘줄/ 부드러워지는 칼날의 숨소리' 들려온다. 기나긴 세월 동안 아버지의 손등에는 굵은 힘줄이 불거지고, 자식들이 사용하는 칼날에서는 부드러워진 칼날의 숨소리가 들려온다. 여전히 아버지는 자식을 위해 자신의 몸을 다한다. 아버지의 그러한 마음은 '너무 오래 갈아도/ 날이 넘는다며 손가락 끝으로/ 칼날 옆 자주 쓰다듬는/ 가쁜 호흡 떠는 손'을 통하여 잘 나타내주고 있다. 따라서 아버지로부터 화자는 자신을 확인한다. '저 닳는 줄 모르고/ 칼날 세워주는 숫돌처럼/ 한평생 자식들의 뜻/ 선하게 세워주신/ 아/ 버/ 지'에서 살펴볼 수 있듯이 화자는 한평생 자신의 '뜻을 세워주신' 분이 바로 아버지이며, 아버지는 화자 자신을 바라보게 함으로써 '나'의 마음[意]을 정하여 바로 세워진 것이다.

이 같은 화자는 '아버지는 아버지의 삶에서/ 가장 빛났던 순간 되뇌실 때도/ 오고 가는 절기 속에/ 손주들 자람을 보실 때에도/ 온 마음 다해 지금을 살고 계셔도/ 눈 뜨고도 눈 감고도/ 아버지는 먼저 가신 어머니와/ 마음의 끈 잇고 계'시는 데에도 불구하고 '맏자식인 나는/ 아버지의 시간 그 언저리/ 이르지 못'(시 「아버지의 시간」에서」)하고 있는 자신을 비로소 알아차린다. 또한 '엄마는 진정/ 엄마만을 위한 엄마만의 시간을/ 보내신 적이 한 번도 없다/ 오로지 자식을 위해/ 가족을 위해 살다 가신/ 엄마의 삶이 한없이 안쓰럽다'면서 '아직 엄마의 마음 다 몰라도/ 살면서 가끔은/ 가슴으로 엄마를 불러볼 일이다/ 엄마의 바다에 깊이 빠져볼 일'(시 「연극을 보면서」에서」)에 들러 화자가 자신의 실체를 정립할 수 있게 된다.

무릇 '나'가 '나'로 인하여 '나'의 존재를 인정하는 것은 바로 '나'이다. 그리고 '나'가 '나'의 존재를 인정할 수 있는 것은 '나'가 참여하고 있는 경우일 뿐이다. 그리고 '나'가 참여할 수 있는 가장 가까운 것은 가족이요, 그 가족 중에서도 어머니와 아버지가 함께 하는 '울'에서이며, 그 울안에서 '나'는 '나'를 발견하고 '나'를 세워나가고 '나'를 정립하면서 성장을 거듭하게 된다. 그 성장 끝에 언제나 '나'는 '나'로서 당당한 존재의 실체를 갖추어 나가게 되는 것이다.

## 5. 맺으며

지금까지 필자는 박선희의 시작품을 '나'라는 존재의 실체를 탐색하여 보았다. 그 결과 자기 자신에게 자신의 영혼을 다 바쳐 의지하고, 자기 자신이 속해있는 상황 그대로 확인하며, 자기 자신을 규명해 나가야 하는 가운데에서 이루어지고 있는 것을 보았다. 따라서 무한히 펼쳐져 있는 이 세계에서 '나'는 무엇보다도 '나'의 실체를 정립하는 데에 '나'의 고유한 영역을 확고히 해 나가야 한다. 원하는 대로 '나'의 삶을 이어나가면서 내가 '나'를 가장 신뢰할 수 있는 '나'를 찾아가야 한다는 것이다.

한편 박선희의 시는 대체로 보편적이고 객관적인 소재와 내용이 대부분이라는 것이다. 이는 바람직한 일임에 틀림없다. 보편적이라 함은 모든 것에 두루 통하거나 적용되는 것이요, 객관적이라 함은 개인의 지나친 주관이나 특수함에 영향을 받지 않고

누가 보아도 그러하다고 인정되는 것이다. 그러나 이러한 객관성이나 보편성은 자칫 진부한 표현을 낳거나 너무 흔해빠진 것이 되어 새롭고 신선한 의미를 부여받기 어렵다. 모름지기 창작이라면 바로 새롭고 신선한 참신성을 부여한 데에서 더욱 빛나게 될 것이기 때문이다.